184

LA LYRE

RÊVERIES POÉTIQUES

ET VARIÉES,

PAR H. BOUT.

ABBEVILLE,

IMPRIMERIE JEUNET, RUE SAINT-GILLES, 108.

1851.

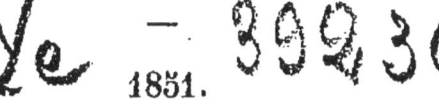

LA LYRE

RÊVERIES POÉTIQUES

ET VARIÉES,

PAR H. BOUT.

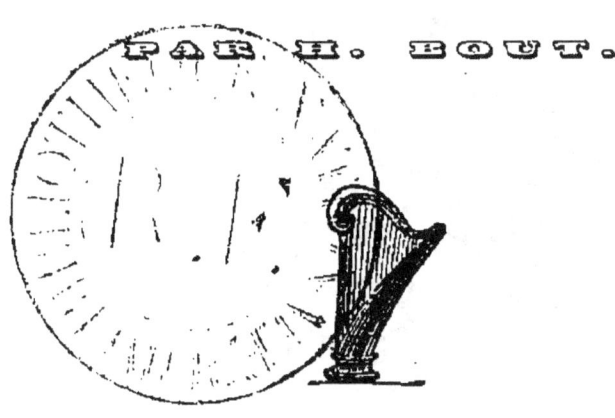

ABBEVILLE,

IMPRIMERIE JEUNET, RUE SAINT-GILLES, 108.

—

1851.

LA LYRE.

SOUVENIR.

Air : *Charmant Ruisseau.*

—

Doux souvenir, ranime en moi ta flamme,
D'un temps heureux, ah! rends-moi les beaux jours,
La sympathie unissait nos deux ames...
Mais du bonheur le ciel trancha le cours !

—

Dans mes tourments, dans mes peines amères,
Mon triste cœur est pénétré d'ennui !
Au ciel, hélas ! j'adresse ma prière.
Et tous mes vœux se reportent vers lui.

—

Mortels chagrins ! ô peine dévorante ! ..
Cesserez-vous d'étioler ma vie ?..
Ah ! vers le ciel que mon ame souffrante
S'élance enfin, puisqu'il me l'a ravie.

LA ROSE.

—

A PAULINE.

—

Faible et languissante
Sous un ciel ardent,
La rose naissante
Touche à son couchant ;
Que l'humide Aurore
La baigne de pleurs,
» La fille de Flore
» Redevient encore
La reine des fleurs.

—

Ainsi, ma Pauline,
Si dans ma langueur,
Ta bouche enfantine
Ranime mon cœur ;
A ton doux sourire,
Et ton air enchanteur,
» L'amant qui t'inspire
» Reprend son empire,
Avec son ardeur.

ESPOIR.

—

Dans ma souffrance
Et ma douleur,
Douce espérance
Remplit mon cœur,
O ma sylphide,
A mon amour
Tendre et timide
Donne un retour.

—

Rends à mon ame,
Paix et bonheur,
Laisse ma flamme
Toucher ton cœur!
Que mon amour,
Tendre et fidèle,
Force ma belle
A doux retour.

LE RETOUR.

—

A SOPHIE.

Air : *Rives du Tage.*

—

Terre chérie,
Où je connus l'amour !
Près de Sophie
Je coulais d'heureux jours...
Doux ruisseau, sur ta rive
Gémit ma voix plaintive !
Bonheur à fui...
Par l'absence et l'ennui !

—

Site sauvage,
Témoins de nos serments,
A tes bocages
J'adresse mes accents ;
Tant que de ta verdure
Brillera la nature,
Vivre pour toi
Sera ma douce loi.

—

7

O ma Sophie,
Ah! reviens près de moi!
Toujours chérie,
Mon bonheur est à toi...
Ah! rends-toi à ma flamme,
Reviens calmer mon ame,
Et pour toûjours,
Ah! goûtons d'heureux jours!

—

Sombre tristesse
Bien loin de nous a fui...
Amour, ivresse,
Sur nos beaux jours ont lui;
Une flamme éternelle
Brûle deux cœurs fidèles,
Bonheur d'amour
Nous unit pour toujours.

QUINZE ANS.

—

A THÉMIRE.

Air : *Avec les jeux dans le village.*

—

1er

Quinze ans, Thémire, ô le bel âge !..
Des doux plaisirs c'est la saison,
De tes quinze ans fais bon usage,
A quinze ans l'amour fait moisson !
Avant quinze ans, une bergère
Se compte au nombre des enfants,
Il faut avoir quinze ans pour plaire ;
On n'est pas belle avant quinze ans...

2me

A quinze ans finit la culture,
Le bouton alors devient fleur...
C'est à quinze ans que la nature
Parle à nos sens, nous donne un cœur !..
A cinq ans l'on verse des larmes,
A dix ans les jeux innocents,
A douze les tendres alarmes...
Mais pour aimer il faut quinze ans !

3me

Quinze printemps parent Colette,
Son front encore ne rougit pas ;
Quand on lui dit qu'elle est bien faite,
Ses yeux sont remplis d'embarras !
De l'humble et simple violette
Elle a les modestes appâts,
Et déjà l'amour qui la guette
Se trouve partout sur ses pas.

L'ATTENTE.

Air: *Il pleut Bergère.*

—

1er

Une tendre chimère
Me berce nuit et jour,
Croyant te voir, ma chère,
Je songe à nos amours !
Et rempli de ma flamme,
Je gémis, je t'attends,
Rends la paix à mon ame,
Ah ! reviens, il est temps !..

2me

Mon triste cœur t'appelle,
Il prie pour ton retour,
Mais, hélas, trop cruelle,
Tu retardes ce jour...
Ah! couronne ma flamme,
Je gémis, je t'attends,
Rends la paix à mon ame,
Ah! reviens, il est temps !..

LA PERSISTANCE.

A EUDOXIE.

Air : *Tendre Lien.*

C'est dans tes yeux, belle Eudoxie!
Où je pris le plus tendre amour...
Tu jouirais du bonheur de la vie
Si tu me payais de retour ;
  Mais ton ame rebelle
  Rebute mon ardeur,
  Ah! quand on est si belle,
  Il faut avoir un cœur!

Mets enfin un terme à ma souffrance,
Et mon cœur t'aimera toujours....
Ah ! pour prix de ma longue constance,
Viens partager mon tendre amour !
  Mais ton ame rebelle
  Vient rebuter mes feux ;
  Ah ! toi qui es si belle,
  Sois sensible à mes vœux.

—

Ce n'est que dans le sein du ménage
Où l'on goûte un bonheur parfait,
Oui, l'hymen du bonheur est le gage,
L'hymen du ciel est un bienfait !
  Mais ton ame est rebelle,
  Quand, à l'égal des Dieux,
  La femme qui est belle
  Pouvait faire un heureux.

IMPROVISATION

SUR UN MARIAGE.

Air et finale de : l'Hymen est un lien charmant.

—

Jeunes époux, soyez heureux,
Puisqu'enfin l'hymen vous engage ;
L'hymen du bonheur est le gage
Lorsque l'on est bien amoureux.　　　　(Bis.)

C'est un joli pélerinage
Que l'on entreprend de moitié,
Peine et plaisir, tout se partage,　　　　(Bis.)
L'amour, l'estime et l'amitié
Sont les compagnons du voyage.　　　　(Bis.)

—

Ah ! fuyez les transports jaloux,
Ils font le tourment du ménage.
Une compagne aimable et sage
Fait le bonheur de son époux.　　　　(Bis.
C'est un joli, etc.

—

Un époux, par ses soins constants,
Comble les vœux de sa compagne ;

Toujours le bonheur accompagne
Ce couple heureux, ces vrais amants.   (Bis.)
C'est un joli, etc.

—

L'amour que guide la raison
Charmera votre plus bel âge !
Ne souffrez jamais qu'un nuage
Surgisse sur votre horizon.   (Bis.)
C'est un joli, etc.

—

Espérons que le cher époux,
Dans un an, d'un fils sera père.
Mari heureux et tendre mère,
Agréez cet espoir bien doux !   (Bis.)
Et dans votre pélerinage,
Ah ! soyez toujours de moitié.
Peine et plaisir, etc.

TOURMENT D'AMOUR.

—

A ZOÉ.

Air : *du Soldat prisonnier.*

—

Tu n'entends pas ? tu ne veux pas entendre
Ces longs soupirs qui partent de mon cœur...
Hélas ! comment pourrai-je enfin t'apprendre
Que de toi seule dépend tout mon bonheur ?...

—

Comment faut-il, Zoé, que je t'exprime
Et ma tendresse et mon brûlant amour ?...
Ah ! si pour toi un aveu est un crime,
Comment alors espérer doux retour ?

—

Ah ! viens calmer mes transports, mon délire ;
Par le chagrin mon mal est excité...
Ah ! prends pitié de mon cruel martyre,
Livre ton cœur à la félicité !...

FANDANGO.

—

A SYMPHOROSA.

Thème espagnol.

—

Dans tes beaux yeux j'ai puisé mon délire,
Aimable objet qui sus toucher mon cœur...
Depuis, hélas ! j'éprouve doux martyre,
Mais doux martyre, hélas, fait mon bonheur.

Je te revois, ô rose d'Ibérie...
Embellissant et les bois et les champs...
Dans ses bosquets la reine d'Idalie (*)
Bien moins que toi fixe amour et printemps.
Dans, etc.

(*) Contrée où était situé le temple de Cythère.

A L'AMITIÉ.

Stances.

—

Que la sainte amitié sait nous offrir de charmes !
Ce noble sentiment peut suffire au bonheur ;
Quand au tribut d'amour on a rendu les armes,
Pour la douce amitié on retrouve son cœur.

—

Mais un cruel regret rappelle mes alarmes !
Il n'est plus, mon ami, ce digne et noble cœur...
Ah ! sur son souvenir ne versons plus de larmes,
Car nous seuls gémissons au séjour de douleur.

BOUQUET.

Sur l'air : *Au Sein d'une Fleur tour à tour.*

—

De fleurs voulant vous couronner,
Chacun ce matin, dès l'aurore,
S'est hâté de tout moissonner
Dans les bosquets chéris de Flore.
L'œillet, la rose et le muguet

Attiraient la foule empressée ;
Moi, je n'ai mis dans mon bouquet
Que l'immortelle et la pensée!

—

Des champs, le plus simple ornement
Devient parure enchanteresse,
Mais l'hommage du sentiment
Du cœur est la seule richesse.
Il faut pour qu'il soit de moitié,
Dans une fête aussi chérie,
Avec les fleurs de l'amitié
Former le bouquet d'une amie.

SOUHAITS DE NOCES.

Air : *de la Somnambule.*

—

Les douces lois de l'hyménée
Vont compléter votre bonheur,
En réunissant vos deux cœurs
Par une chaîne fortunée!
Pour qu'à jamais deux époux soient heureux,
Il faut qu'amour veille toujours sur eux.

—

Bientôt cette aimable famille
Viendra s'augmenter d'un garçon,
Gentil, bien doux, aimable et bon ;
Et qu'il vienne ensuite une fille,
Pour qu'à jamais, etc.

—

Pour redouter l'indifférence,
Leurs feux sont trop bien allumés,
Ils auront de la jouissance
En les maintenant attisés.

BOUQUET

A UNE MAITRESSE DE PENSION,

Par Mlle Elisa Bout, l'une de ses élèves.

—

Ce jour permet au sentiment
De vous offrir un juste hommage,
Mais ce n'est pas le seul usage
Qui dicte notre compliment ;
Il est de la reconnaissance
Le plus équitable tribut,
Des cœurs guidés par l'innocence
Peuvent être offerts aux vertus !

FÊTE D'UN AMI.

22 JANVIER.

—

Malgré la neige et les glaçons,
On sent que le cœur se dégèle !...
Car aujourd'hui on renouvèle
L'amitié franche et sans façon.

—

Fêtons donc ce saint tutélaire,
Votre cher patron révéré ;
Et qu'il vous soit toujours prospère !
Nous n'aurons rien à désirer.

LE SYBARITE.

—

Couplet.

Mes amis, buvons à plein verre,
Le temps fuit, songeons à jouir,
On risque le bien qu'on diffère,
Un rien le fait évanouir.
Moquons-nous des projets des hommes,
Buvons, tandis que nous y sommes ;
Qui sait si nous boirons demain ?

LES IVROGNES AU CABARET.

Invocation.

Air: *Cantique de Saint-Roch.*

—

Charmant Bacchus, notre Dieu, notre idole,
Fais qu'à bien boire nous passions nos instants ;
Ne permets pas qu'ici l'on se désole,
Verse, à longs traits, ton jus si ravissant.
　　Et pour finir,
　　S'il faut mourir...
　　Fais qu'un tonneau
　　Nous serve de tombeau !

VIEILLE CANTATE MILITAIRE.

Air: *Le roi d'Angleterre passant par Namur.*

—

1er

Malgré la bataille
Qu'on livre demain,
Ça, faisons ripaille,
Charmante Catin ;
Narguant tes compagnes,

Méprisant leurs vœux,
J'ai fait deux campagnes
Rôti de tes feux.

2me

Tiens, serre ma pipe,
Et garde mon briquet,
Et si la Tulipe
Fait le noir trajet,
Que tu sois la seule,
Dans le régiment,
Qui ait le brûle-gueule
De son cher amant.

3me

Ah! sèche tes larmes,
Calme ton chagrin,
Au nom de tes charmes,
Achève ton vin ;
Mais quoi, de nos bandes
J'entends les tambours.
Gloire! tu commandes,
Adieu les amours.

LE PORTRAIT DE Mlle AURÉLIE T.

Acrostiche.

—

A l'esprit, aux attraits, joignez aussi les grâces,
Unissez à ces dons la douceur, la bonté....
Réunissez, surtout, bien des cœurs sur ses traces,
Et soumettez-les lui par son aménité,
La vertu, la candeur et l'amabilité.
Imaginez, enfin, une femme accomplie,
Eh bien, ce portrait-là, c'est celui d'Aurélie.

SUR LE MARIAGE D'IRMA J.

Acrostiche.

—

Il faut, en ce beau jour, célébrer notre ivresse,
Rendre hommage à l'objet à qui tout s'intéresse ;
Mais qu'offrirons-nous donc ?.. une fleur, un couplet?
Ah ! de nos cœurs unis formons-lui un bouquet.

A Mlle MARIE C.
Anagramme.

—

Le doux nom de *Marie* a de quoi nous charmer.
Les lettres de ce *nom* forment le mot aimer.

SUR LE MÊME NOM.
Acrostiche.

—

Mon ame est toujours en émoi.
A ton seul nom mon cœur soupire ;
Rien que le doux son de ta voix
Inspire à mes sens le délire
Et porte mon esprit vers toi.

SUR LA MORT
D'UN ENFANT DE 7 ANS.
Epitaphe.

—

Du néant aux douleurs, des douleurs au cercueil,
Tu passas, pauvre enfant, et tu quittas la terre,
Lieu de larmes et de deuil !

Passant, sur ce tombeau, dépose une prière
Emma priera pour toi, en priant pour sa mère.

A. BOUT FILS.

INVOCATION AU CRÉATEUR.

Grand Dieu, pour être heureux, tu m'as mis sur la terre !
Tu sais bien mieux que moi quels sont mes vrais besoins...
Le cœur de ton enfant s'en rapporte à tes soins ;
Donne-moi les vertus qu'il me faut pour te plaire.

(Fait à 16 ans.)

LA ROSE
MOISSONNÉE PRÉMATURÉMENT.

Douce fleur à peine éclose,
Dès ton printemps, déjà mourir...,
Déjà ravie au souffle du zéphir !
Ah ! quel cruel destin, fraîche et brillante rose !...

JALOUSIE.

O fièvre dévorante, redoutable délire,
Serpent qui vis du sang de mon cœur qu'il déchire ;

Suis-je donc condamné à vivre sous ta loi ?
Pitié, *mon Dieu, pitié*, et pour elle et pour moi.

A. Bout Fils.

Réflexion.

Le poison de la jalousie se compose des plus violentes passions..., de ces passions dont la moindre consume la vie et dévore sans tuer, comme le vautour de la fable.

QUATRAIN.

—

O mon cher *Hardicrac*, je vous en félicite,
Vos poésies, me dit-on, commencent à percer.
Corbleu ! mon cher ami, qu'elles percent donc bien vite,
Car déjà mon habit voudrait les devancer.

FABLE.

—

O quel beau fruit ! il est à peindre !
Disait, en l'admirant, renard *croque-poulet*,
Il y sauta cent fois, mais n'y pouvant atteindre :
Il est trop vert, dit-il, laissons-le où il est.

L'EXCELLENT MARI.

Traduction de l'Espagnol.

—

Martial gémit, il se lamente,
Car sa femme est en mal d'enfant...
« Pourquoi te donner du tourment,
» Lui dit-elle ... si je suis souffrante?...
» Sèche tes pleurs, mon cher Martial,
» Tu n'es pas cause de mon mal ! »

AUX FEMMES.

Autre Traduction mise en Vers.

—

Mieux que les hommes, vous savez
Aimer, séduire, parler, charmer !
Et, mieux que l'homme, vous possédez
L'art de feindre et l'art de tromper.

—

Texte Espagnol.

—

Méjor que el hombra sabeis
Amar, hablar y agradar !
Masque importe si sabeis
Méjor, que aquel, engânar.

PROFESSION DE FOI

D'UN GREDIN.

—

Je ne fus jamais bon ; toujours je fus maussade,
Et j'ai souvent reçu des coups de bastonnade ;
On crut, par ce moyen, adoucir mon humeur,
On n'a pas réussi, j'avais trop mauvais cœur.

DEVISES DIVERSES.

—

Bacchus, Mars et l'Amour
Embellissent nos jours.

—

Amour, que ton ivresse nous cause de douceurs,
Sans toi, sur cette terre il n'est pas de bonheur !

—

Que dites-vous, belle Eulalie ?
L'art d'aimer vous est inconnu ;
Quand on est aimable et jolie,
Peut-on être aussi ingénue ?

—

Ne m'aimez pas, monsieur Remy,
Maman ne vous l'a pas permis.

—

Maman me contrarie toujours,
Surtout quand je parle d'amour.

—

Lucas, avec son grand œil noir,
Me fixe du matin au soir.

—

Dansez, faites de jolis pas,
Mais gardez-vous bien des faux-pas.

—

A la danse, soyez légère,
Mais en amour, soyez sincère.

—

J'aime Julie, j'aime Henriette,
J'estime Louise et Paquette,
Et pour tout vous dire en deux mots,
J'adore Gothon et Margot.

—

Du vin j'aime la qualité,
Mais je tiens à la quantité.

—

Si le bonheur est dans un broc,
Il est *bien grand* dans un tonneau.

MACÉDOINE

ET

DISSERTATIONS.

MACÉDOINE ET DISSERTATIONS.

RANTZAU, JOSIAS,

MARÉCHAL DE FRANCE EN 1645.

—

Il avait si souvent été blessé à la guerre que le célèbre BAUTRU disait de ce guerrier qu'il ne lui était resté qu'un de ce que les hommes ont deux, c'est-à-dire qu'il ne lui restait qu'un bras, qu'une jambe, qu'un œil, qu'une oreille, etc.

Voici son Epitaphe :

« ET MARS NE LUI LAISSA RIEN D'ENTIER QUE LE COEUR. »

RÉPARTIE

DU BRAVE ET VALLANT CRLLON SURNOMMÉ L'HOMME SANS PEUR, 1615.

—

Henri IV, mettant la main sur l'épaule de Crillon, dit à l'ambassadeur d'Angleterre,

« Voilà le premier Capitaine du monde!

» Vous en avez menti, sire !... C'est vous ! répliqua vivement Crillon. »

NAPOLÉON

Avait choisi pour exergue du drapeau des Vétérans :

« LA GLOIRE NE VIEILLIT PAS !... »

ENIGME VILLAGEOISE.

Barbe de chair a fait un cri (1) ;
Ce cri réveilla un esprit (2) ;
Cet esprit va réveiller les baptisés sans ame (3).
Les baptisés sans ame ont réveillé un autre esprit(4).
Cet esprit entre chez sa mère (5),
Salue son père (6),
Et marche sur ses frères (7).

AUTRE.

Je suis de forme ovale ou ronde,
Et je tourne sur un pivot.
Quand on veut voir finir le monde,
Il faut m'en faire sortir bientôt.

(1) Le coq. — (2) Le magister. — (3) Les cloches, —(4) Le curé.
— (5) L'église. — (6) L'autel. — (7) Les morts.

PROVERBES

Recueillis en voyageant

—

ESPAGNOL.

L'amitié rompue est comme une lame d'épée brisée, elle ne peut 'se ressouder.

FRANÇAIS.

Celui qui fait faire ses affaires par autrui, va *en personne* à l'hôpital.

BELGE.

Hors des yeux, hors du cœur.

HOLLANDAIS.

Imitons la fourmi : — travail et persévérance.

ANGLAIS.

Le plus chétif négoce nourrit son homme.

PORTUGAIS.

Veux-tu parvenir ?.. Brave les élements, apprends et agis.

RUSSE.

Les bonnes paroles intéressent plus qu'un bel habit.

DANOIS.

Jugez toujours favorablement l'homme qui aime son chien et son cheval.

SUÉDOIS.

Le mérite se trouve chez l'homme le plus simple.

TURC.

Ne reviens pas sur le chemin où la veille tu vis éclore une fleur.

ARABE.

Où la passion domine, la prudence cesse. Cette remarque date du commencement du monde.

PROPHÉTIE ACCOMPLIE.

1842

—

Quoique, généralement, on n'attache que peu ou point d'importance aux prophéties, celle qui suit (de Nostradamus), imprimée à Lyon, par Benoist Rigault, 1568, ne s'est que trop approchée de la vérité, par la mort du regrettable duc d'Orléans.

Centurie VII. — XXXVIII pour 1842.

(A Salon, Provence.)

L'aisné royal, sur coursier voltigeant, picquier viendra si rudement courir : gueulle, lipée, pied dans l'estrein plaignant, traîné, tiré, horriblement mourir.

LE BAILLEMENT.

—

Le baillement est sympathique, puisqu'il se communique ; c'est aussi une preuve de la puissance du magnétisme par influence.

MON ÉPITAPHE.

Las de courir la terre et l'onde,
Du sort toujours persécuté,
Pour trouver la tranquillité,
Je m'embarquai pour l'autre monde.

BOUT.

GÉOGRAPHIE CLIMATÉRIQUE

DES LATITUDES.

GÉOGRAPHIE CLIMATÉRIQUE

DES LATITUDES.

—

Similitude du climat d'Italie avec celui des provinces
méridionales de France et nord de l'Espagne.

—

On nous vante continuellement le beau ciel
d'Italie, on ne parle de ce climat qu'avec emphase
et engouement, sans considérer la situation et les
avantages climatériques de nos provinces du midi,
qui sont situées sous les mêmes zones et latitudes
que celles de l'Italie proprement dite.

Il y a même, en France, des provinces et grand
nombre de villes qui l'emportent sur l'Italie par la
chaleur d'une latitude plus rapprochée du sud, par
exemple : la basse Provence, le bas Languedoc, la
Gascogne, le Roussillon, etc., dont les latitudes sont
celles du pays de Gênes à l'Etrurie (Toscane), du
duché de Modène et partie des États-Romains, de
quelques lieux du royaume de Naples, et enfin de la
Dalmatie (au-delà de l'Adriatique).

La nomenclature qui suit mettra le lecteur à même de comparer les degrés des latitudes et de suivre les parallèles sur la carte d'Europe.

Il suffit de la plus simple notion de géographie pour concevoir les avantages réels qu'offre le midi de notre beau pays, avantages dont l'Italie n'est pas en droit de se prévaloir sur nous.

TABLEAU SYNOPTIQUE

De latitudes comparées.

46e degré 18 minutes.

FRANCE.	ITALIE.
Gex, Màcon, Montluçon, Boussac, Niort, Maran, Ile-de-Ré.	Frioul, Cadore, Bellune, Bornéo, Chiavenne.

45e degré 9 minutes.

FRANCE.	ITALIE.
Vienne (Dauphiné), Issoire, Angoulême, Pons, Tour de Cordouan.	Venise, Padoue, Vérone, Milan, Verceil, Ivrée.

44ᵉ degré 44 minutes.

FRANCE.

Briançon, Valence, Aurillac, Libourne, Bordeaux.

ITALIE.

Ferrare, Reggio, Modène, Parme, et au de-là de l'Adriatique, la Croatie-turque.

43ᵉ degré 13 minutes.

FRANCE.

Montpellier, Toulouse, Pau, Tarbes, Bayonne.

ITALIE.

La Toscane, Florence, Urbin, Ancône, et par de-là l'Adriatique, la Dalmatie.

ESPAGNE.

La Corrogne et le Ferrol (en Galice), Oviedo (Asturies), Bilbao et St.-Sébastien, en Biscaye.

43ᵉ degré 10 minutes.

FRANCE.

Le Port-Vendres, Prats de Mallo, Ceret, etc. En Roussillon sont les lieux les plus au midi de la France continentale.

Ils produisent abondamment (et naturellement) l'oranger, le citronnier, le caroubier, grenadiers, myrthes, figuiers, lauriers, oliviers, et le vin délicieux de *Rivesaltes*.

43e degré 10 minutes.

ITALIE.	ESPAGNE.
Viterbe, Torcanelli et Magnani (près Rome), Pescara et Lanzara dans le royaume Naples, et au-delà de l'Adriatique, Modar en Albanie, et Zadra en Turquie.	Chantara, frontière du Portugal, le royaume de Léon, Aguilar et Miranda-d'Ebre (vieille Castille), partie de la Rioxa, Stella en Navarre, Venasque en Aragon, Puicerda en Catalogne.

On observera, avec raison, qu'aux mêmes latitudes, on trouve parfois des différences de température, et cela se conçoit aisément : soit par la proximité des hautes montagnes, qui sont souvent et longtemps couvertes de neiges, soit par le voisinage de grands lacs, dont l'évaporation forme d'épais et de froids brouillards, causes qui contribuent à entretenir un froid rigoureux et prolongé ; soit encore par le voisinage de la mer, qui produit des causes contraires et avantageuses ; car les brises de mer, pénétrées d'air salin, ont pour effet de modérer les températures excessives, et le chaud et le froid sont toujours fort supportables dans le voisinage de la mer, et notamment de l'Océan.

L'Italie et la France méridionale se trouvant dans des conditions identiques, sous les mêmes latitudes, jouissent des mêmes avantages de climat. En effet, l'Italie est située entre deux mers (Méditerranée et Adriatique) ; deux grandes chaînes de montagnes la parcourent (Alpes et Appennins).

Le midi de la France est également situé entre deux mers (Océan et Méditerranée), et a, comme l'Italie, deux grandes chaînes de montagnes qui la sillonnent (Pyrénées et Cévennes).

Preuves incontestables des avantages de climat qu'offrent les côtes de l'Océan.

Il existe au nord-est de la France, dans un de nos départements maritimes, entre les 48°-60 et le 49°-40 de latitude (nord), c'est-à-dire, plus au nord que Paris, un beau pays, situé dans une presqu'île, offrant par sa température et la bénignité de ses hivers une admirable et luxuriante végétation, une végétation presque méridionale.

Ce pays, qu'on ne connaît pas assez, est le *Cotentin*, situé dans la Péninsule de Normandie, département de la Manche ; il renferme plusieurs villes, Valognes, Carentan, la Hougue, Cherbourg, etc. etc. Il produit naturellement en pleine terre le figuier, le laurier, le myrthe, le grenadier, etc.; le melon, qu'on y cultive en pleine terre à Saint-Floxelle, est délicieux.

Il n'est pas rare de voir dans la presqu'île, et sur son prolongement méridional des côtes de l'Ouest (ainsi qu'en Bretagne), des figuiers ayant trois et quatre pieds de circonférence, produisant d'excellents fruits, et des lauriers de 18 à 20 pouces de tour; le myrthe y atteint souvent dix pieds d'élévation. Il gèle fort peu dans ce pays, la neige y est très rare et n'y séjourne pas.

On sera plus étonné encore en remarquant qu'à Bantry, en Irlande, au 51e degré 36 de latitude, *l'arbousier* (1) *croît en pleine terre*, et que le climat y est plus doux que dans le midi de l'Angleterre.

Enfin, pour preuve des avantages qu'un pays ressent du voisinage de l'Océan, on y remarquera qu'à Drontheim, en Norwége, au 63°-25' 50", il gèle fort peu, la neige y est rare; mais à peu de distance dans l'intérieur des terres, on rentre dans le domaine d'une température *extrêmement* âpre, qui augmente souvent de rigueur par la proximité des hautes montagnes.

(1) L'arbousier ne croît spontanément que dans les régions les plus méridionales des Alpes et des Pyrénées.

(Latitude de Paris) 48°-50'14".

Par sa latitude Paris tient l'exact milieu entre Londres et la partie de l'Italie où sont situées les villes de Feltre, Bellune, Udine, Bole, Chiavène, etc, il n'y a que 2 degrés 38 minutes de Paris au nord de l'Italie (en latitude).

On remarquera encore que Paris pour la latitude est au centre du cap Ortégal en Galice (Espagne), et les iles Dameland et Barcum (près Groningue), en Hollande.

Latitude d'Abbeville. . . . . . 50°-6'-55"
Longitude ouest . . . . 0°-30'-17"

A l'appui de mes remarques sur les latitudes, je joins un

TABLEAU

DE L'ILLUSTRE HUMBOLD.

Indiquant la température moyenne des villes principales de France. — Les degrés sont ceux de la division centésimale du thermomètre, et sont comptés au-dessus de zéro.

VILLES.	Température moyenne		
	DE L'ANNÉE.	DE L'HIVER.	DE L'ÉTÉ.
Clermont	10. 0	1. 4	18. 0
Dunkerque	10. 3	3. 7	17. 8
Paris	10. 6	3. 7	18. 1
St.-Mâlo	12. 3	3. 6	18. 9
Nantes	12. 6	4. 7	20. 3
Bordeaux	13. 6	5. 6	21. 6
Marseille	15. 0	7. 5	22. 5
Montpellier	15. 2	6. 7	24. 3
Toulon	16. 7	9. 1	25. 9

TABLE.

Macédoine et Dissertations.

Géographie Climatérique.

FIN DE LA TABLE.

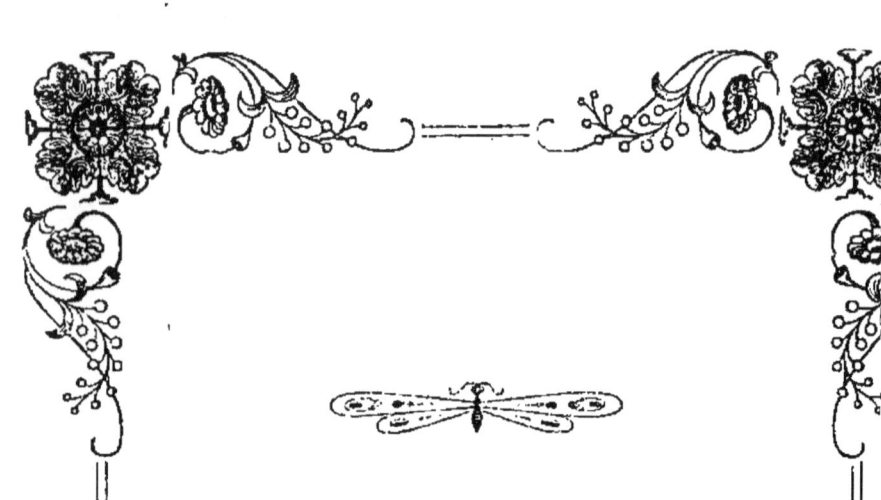

SE TROUVE :

Chez **A. GAMARD**, Libraire-Relieur,
rue Saint-Vulfran,

A ABBEVILLE.